Friedrich Just Riedel

Gedichte des Herrn Johann von Alxinger

Friedrich Just Riedel

Gedichte des Herrn Johann von Alxinger

ISBN/EAN: 9783743655690

Hergestellt in Europa, USA, Kanada, Australien, Japan

Cover: Foto ©Andreas Hilbeck / pixelio.de

Weitere Bücher finden Sie auf **www.hansebooks.com**

Gedichte

des

Herrn Johann von Alxinger.

Herausgegeben

von

Friedrich Just Riedel

HALLE,
bey Johann Jacob Gebauer.
1780.

Inhalt.

	Seite
Morgengebet.	3
Abendgebet.	5
An meine Eltern.	8
Kalliopens Gesang von dem Fürsten von Kaunitz-Rittberg dem Künstebeförderer.	11
An den Freyherrn von Gebler.	14
An Herrn Hofrath von Greiner.	16
Haschka an mich.	21
Meine Prüfung an Haschka.	24
An Denis.	28
An mein Saitenspiel.	32
Mäßigung.	35
An ein verlassenes Mädchen.	37
An Liebchen.	39
Der Morgen.	41
Das zärtliche Mädchen.	44
Auf Doris.	46
Der Anstand.	47
Die Erinnerung.	49
Doris auf dem Balle.	51
Die Verlassene.	53

An

	Seite
Die Brünette.	55
An eine todte Geliebte.	57
Lied eines Hagestolzen.	59
An einen Hagestolzen.	61
Prüfung, ob man liebt.	64
An meine Freunde.	65
Friedensfeyer 1779.	67
An Doris.	72
Warnung.	73
Bragars Erklärung.	76
Anakreons siebenzehnte Ode.	78
Desselben vier und zwanzigste Ode.	79
Sechs Sinngedichte aus dem Owen.	80
Zwey Sinngedichte.	82
Lied einer Nonne.	83
Siegeslied eines Amerikaners.	87
Klagelied eines unglücklichen Weibes.	91
Siegwart, als Mönch, im Klostergarten.	94
Der Unglückliche an seinen Hund.	97
An Johann von Häring.	100
An Mastalier.	102
Der Schauspieler.	106
Der zufriedene Dichter.	111

Morgengebet.

Allgüt'ger, der in dieser Nacht,
Mit mehr als väterlichen Sorgen,
Durch seinen Engel mich bewacht,
Im Staub dahin gebückt, dank' ich dir diesen
　　　　　　　　　　　　Morgen.

Es öffne nie mein Auge sich,
Daß ich nicht dich am ersten denke,
Dich Vater zwar, doch fürchterlich,
So bald ich meinen Schritt von deinen Wegen lenke.

Wenn Krankheit ihren Bogen spannt,
So schütze mich; doch, willst du schlagen,
Anbetend ehr' ich deine Hand;
Gieb mir nur festen Muth, mein Uebel zu ertragen.

Gieb mir, wenn meiner Feinde Neid
Im Winkel lauret, mir zu schaden,
Ein Herz, das ihnen gern verzeiht,
Zu groß, den Haß von mir zurück auf sie zu laden.

Wird mir der Wollust Zauberruf
In weichgemachter Seel' erhallen,
Du, der nach seinem Bild sie schuf,
Laß mächtiger in ihr der Tugend Warnung schallen.

Laß niemals mich unthätig ruhn,
Die kleinste Pflicht genau erfüllen,
Den Wunsch, den Menschen wohlzuthun,
Vor der Gemächlichkeit zu eitlen Wünschen stillen,

Damit ich einst vor dein Gericht
Ein unbeflecktes Leben bringe,
Und, voll von frommer Zuversicht
Auf meiner Thaten Lohn, dir Preis und Jubel singe.

Abend=

Abendgebet.

HErr! wie manches Herz voll Kummer
Wiegst du jetzt in süsser Ruh,
Drückst mit Fittigen des Schlummers
Manches Aug, das weinet, zu!

Doch eh ich das meine schliesse,
Schau' es noch zu dir empor!
Meines Dankes Stimme fliesse
In dein horchend Vaterohr!

So wie zwischen dieser Wolke
Sanft der Mond, und leuchtend schwebt,
So hat unter seinem Volke
Unter uns dein Sohn gelebt,

Hat mit hellem Licht der Wahrheit
Rings die Finsterniß zerstreut,
Dem Verstand gegeben Klarheit
Und dem Herzen Folgsamkeit.

That ich heut wol, was die Lehre
Dieses Sohns von mir begehrt,
War ich heute wol der Ehre
Mensch und Christ zu heissen werth?

Hatte mich kein Hochmuthfunken,
Nicht der Wollust Glut entzündt,
War ich nicht von Freuden trunken,
Die wie Rauch vergänglich sind?

Hatt' ich immer mein Gemüthe
Zu dem Gebenden erhöht,
Nie der Armuth leise Bitte,
Nie der Freundschaft Rath verschmäht?

War ich denen, die mich hassen,
Gerne zu verzeihn bereit?
War ich in dem Glück gelassen,
Stark in Widerwärtigkeit?

Zitternd, Gott! und mit Erröthen
Muß ich es mir selbst gestehn;
Darf kaum wagen, dir zu beten,
Und gen Himmel aufzusehn;

Wie

Wie auf meinem Haupt die Haare,
Mehrten meine Schulden sich:
Mußt ich Sünder dann zur Bahre,
O wie stünd' es wohl um mich!

Aber du, der mir das Leben
Noch zur Buß gefristet hat,
Wirst, Allgütiger! vergeben
Deines Knechtes Missethat!

Und o sollt' auch meiner Nächte
Diese Nacht die letzte seyn,
Hüllete des Todes Rechte
Jetzt mein Aug gebrochen ein:

Gieb, daß von verdienter Rache
Durch des Sohns Verdienst befreyt,
Ich verklärt und froh erwache,
Dich zu sehn in Ewigkeit.

An meine Eltern.

Ihr, die Jehovahs: Sterbet! aus dem Kreise
Der Zeitlichkeit mir allzufrüh entrückt,
Ihr, die ihr nun nach guter Engel Weise
Auf mich hernieberblickt.

Mein Vater, du, den ich nur angestammelt,
O Dank für deine wache Zärtlichkeit,
Die mir mit Blumen, mühsam eingesammelt,
Des Lebens Bahn bestreut.

Du starbst, kein Arzt, kein Flehen konte wehren
Dem kläglichen, dem schleunigen Verlust;
Ich weint' um dich, doch war der Werth der Zähren
Mir damals unbewußt.

Von dir erst hab' ich diesen Werth gelernet,
Du, die mir Mutter, Freundin, Alles war;
Die oft mein Ohr verschloß, mein Aug entfernet
Von reizender Gefahr.

Die mich gelehrt schon in der frühsten Jugend
Ein Feind vom Aberglaub' und falschen Schein,
Ein Hasser einer mürrischstrengen Tugend,
Sanft, und ein Christ zu seyn.

Oft steh' ich da vor deinem Bild', und weine,
Daß meine süsse Freundin mich verließ,
O daß mein Herz, so zärtlich, als das deine,
Mir früh der Tod entriß.

O dir entriß er nichts — dir ward ein Leben,
Durchstrahlet von dem Glanz des Ewigen;
Doch wirst du noch, von Seraphim umgeben,
Auf meine Thaten sehn.

Wirst, schmeichl' ich mir, mit meines Glückes Gründung
Noch mütterlich, wie hier, beschäftigt seyn,
Beschäftigt jede Regung, jed' Empfindung
Der Tugend ganz zu weihn.

Wirst, wenn ich thöricht falsche Wege wandle,
Bestrafen meine stolze Sicherheit;
Wirst doppelt fühlen, wenn ich edel handle,
Des Himmels Seligkeit.

Und schliche je, kaum wag' ich es zu denken,
Sich Niedrigkeit in dieses Herz hinein;
So wird die Furcht, Geliebte, dich zu kränken,
Mein zweyter Schutzgeist seyn.

Kallio=

Kalliopens Gesang
von dem Fürsten von Kaunitz = Rittberg dem Künstebeförderer.

Kalliope stand auf, die Schwestern horchten alle,
Kein leiser West durchlispelte
Die Lorbeerhayne, stille wards am Wasserfalle,
So sang die Göttliche:

Der Edle, der schon früh die Weisheit aller Lande
Mit wißbegiergen Lippen sog,
Doch nie der heimischen, und nie dem Vaterlande
Sein grosses Herz entzog;

Der wieder Ruhe müden Völkern auszuspenden,
In allen Friedenskünsten groß,
Theresiens Vertreter zog, mit starken Händen
Des Janus Tempel schloß;

Dann ruhig, wie ein Gott im Schwalle von
Geschäften,
Der Sülly's steile Bahn betrat,
Und Werke der Unsterblichkeit mit Jünglingskräften
Und Greisenweisheit that,

Mein

Mein Kaunitz liebt uns noch, in Stunden seiner Muſſe
Geht er in unſer Heiligthum
Ein zweyter Phöbus, horchet unſerm Jubelgruſſe,
Heißt Harfen, welche ſtumm

An braunen Wänden hiengen, wieder neu beſaiten,
Und ſie durch unſern Lorbeerhayn
Gewaltig tönen, ſie den ſpäteſten Folgezeiten
Ein ſeltnes Muſter ſeyn.

Und wenn nun deine Künſtler auch dem Steine
Leben
Und menſchliche Geſtalt dem Erz,
Und jede Seen' aus der Natur der Leinwand geben;
Wenn nun Thaliens Scherz

Und Melpomenens Klag' auf deiner feinern Bühne
Die edle Farce ganz verdrang,
Mit welcher der Geſchmack wie Rüdiger der kühne
Mit Eriſilen *) rang;

Wenn

*) Sieh Orl. Fur. Cant. VII.

Wenn meiner Söhne sanfte Stimm' jetzt deinem
    Ohre,
So lang der Wahn verschlossen hat,
Bemerkt wird, jeder Kunst geöffnet deine Thore,
Ihm dank' es Kaiserstadt!

Ihm dankt es, Schwestern! eilt des Weisen Bild
    zu krönen,
Das Delius ihm aufgestellt,
Und von bekränztem Spiel laßt seine Thaten tönen
Bis zu der Enkelwelt!

Sie sangs, und sieh! die Musen fliegen zu der
    Feyer,
Es rauscht ihr duftendes Gewand,
Die Leyern klingen alle, du zu schwache Leyer
Verstumm' in meiner Hand!

An den Freyherrn von Gebler.

Und hätt' auch nicht der Fürsten Hand
Dich nah zum Thron gerückt,
Dir auch mit keinem Ordensband
Die Biederbrust geschmückt;

Dein Name risse dennoch sich
Von andern Namen los;
Du edler Mann! du bliebst durch dich
Verehrenswerth, und groß.

Wer suchte jede Kunst, wie Du,
Auf Wegen öd' und steil,
Und hielt den schwarzen Rachen zu
Dem kühnen Vorurtheil?

Wer mahlete, wie Du, so fein
Die Sitten seiner Stadt,
Und mischte so viel Laune drein,
Die keinen Stachel hat?

Hielt Thoren zwar den Spiegel vor,
Doch lächelnd, und gelind,

Und

Und freundlich, daß kaum selbst der Thor
Zu schmollen sich erkühnt?

Wer riß des Hörers Herz so ganz
Zu sanfter Wehmuth hin,
Da matt bedrängter Unschuld Glanz *)
Durch düstre Nebel schien?

Ja du kennst Wissenschaft und Kunst,
Und darum liebst du sie;
Entehrst durch Mäcenatengunst
Und Stolz den Künstler nie. —

Beutst, mag er noch so niedrig seyn,
Die Hand ihm freundlich dar:
Vertrauen flößt und Lieb' ihm ein
Dein Antlitz mild und klar:

Und schliesset jedes Herz dir auf,
Und macht es froh und frey,
Und zeiget, daß dein Lebenslauf
Dein schönstes Schauspiel sey.

*) Im Minister, und in Klementinen.

An Herrn Hofrath von Greiner.

Ein Liebchen würdigst du dich mir
Zum Angebinde *) darzubringen,
Ein Liebchen will ich dir
Entgegensingen,
So gut ich kan:
Denn wohl weißt du, du edler Mann!
Ein Schurke thut mehr, als er kan.

Dein Biederherz, so sanft, so groß,
So gut, so deutsch, das absichtslos
Für Menschheit und für Vaterland
Dahin sich giebt, sey nie verkannt!

Lies immer dein verdientes Glück
In unsrer Fürsten Gnadenblick:
Es strahl' auf dich von ihrem Thron
Der Ehre viel, und reicher Lohn.

Doch

*) An meinem 25sten Geburtstage.

Doch bist du ja nicht Bürger nur,
Bist Vater auch; Mama Natur
Gab freundlich dir zwey Kinderchen,
Gar brav, und lieblich anzusehn.

Dein Lottchen, dessen scharfer Witz
Schon jetzt sich zeigt, und wie ein Blitz
Durch jede schöne Kenntniß fährt,
Sey dein und ihrer Mutter werth!

Hohn, Tadelsucht, Koketterie
Entweih' des Mädchens Seele nie;
Ein Edler fühl' einst Götterlust
An ihrer liebewarmen Brust!

Dein Herzensjunge Xavier
Geh' bald voll Jünglingsstolz einher,
Hoch, wie man einen Hirschen mahlt
In seinem eignen Eichenwald!

Auf Bäum' und Felsen klimm' er n'auf,
Durchschwimme Seen, sey nicht im Lauf,
Im Waffenspiel und Ringen faul,
Und tummle mächtig seinen Gaul.

Stets bleib' er von Empfindeley
Und jeder Modenarrheit frey,
Sey nie der Thierbegierden Sklav,
Empfinde stark, und handle brav.

Dann siehst du froh in deinem Sinn
Nach diesen wackren Kindern hin,
Kannst nie die Edle segnen gnug,
Die sie in ihrem Schoosse trug;

Die sie mit ihren Brüsten sog,
Dir und der Tugend auferzog;
Für dich, und sie, bey Tag und Nacht
Mit endeloser Sorge wacht,

Die Weisheit kennt, und übt, und ehrt,
Mit Freyheit handelt, Menschenwerth
Nach dem, was menschenwürdig ist,
Und nicht nach Aussenwerken mißt,

All deinen Kummer redlich theilt,
Des Abends dir entgegeneilt;
Und dir in unsrem trauten Kreis
Die Stunden wegzuscherzen weiß.

Drum lebt, die ihr es würdig seyd,
In engelgleicher Einigkeit,
Von Glück begleitet und von Ruhm,
Ein ganzes halbes Sekulum.

Und habt ihr dann das Leben satt,
Wies traun! der Edle meistens hat;
So rück euch sanft zugleich der Tod
Ins Himmelreich zu eurem Gott,

Und der, zu dem der Tod euch rückt,
Der segnend auf euch niederblickt,
Der Geber mache, würdig Paar,
Buchstäblich meine Wünsche wahr!

Und wenn es eine Pflicht doch giebt,
Zu lieben, wer uns ehrt und liebt:
So ist, verzeiht! ich schmeichle nicht —
Mich warm zu lieben eure Pflicht.

Haschka

Haschka an mich.

Ja, fleug an meinen offenen Busen her
Mit allen deinen Wunden, mein Bardensohn!
   Was bebst du? bangst du? stöhnest, windest,
      Aehnlich dem Rehe dich, das der Jagdspieß

Ins Leben traf? Komm! blute dein wühlend Herz
In meinem Schooß' aus! Rede! getheilter Schmerz
   Wird milder: also wird ein Strom Fluß,
      Wenn er in zwiefachen Betten abläuft.

Sie liegt zu sterben, die dir geschaffen ward,
Und die du fandst, ach! die dich so himmlisch liebt,
   Die Einzige, die dir ein Weib ist,
      Deine geliebteste Marianne,

Liegt dir zu sterben! Bardensohn, finster ist
Und bang der Prüfung Stunde. Mir selber schaurts
   Kalt durch die Nerven, heults im Ohre
      Todtengesang. Doch du, Christ, erheb
         dich!

Das Wissen nicht! Handeln, das macht den Mann!
Du weißt, daß Gott die tauglichsten Mittel führt
    Zum allerbesten Zwecke; weißt es,
        Daß Er hienieden die Seinen prüfet,

Doch keinem aufmißt, was er zu tragen nicht
Vermöchte; weißt es, daß er ein Vater ist,
    Der Herr des Lebens und des Todes,
        Amen! Weltschöpfer und unser Vater!

Das Schwerdt gezücket hatte schon Abraham
Auf seinen Eingebohrnen, Moria sahs!
    Doch Er, der Herr des Lebens, wollte
        Nur Unterwerfung, nicht Isaaks Opfer.

Um seine Meta, seine Geliebteste,
Rang im Gebete Klopstock mit seinem Gott,
    Doch Er, der Herr des Todes, wollte
        Meta zum Opfer und Unterwerfung!

Das thu denn! Trotze stoisch dem Schmerzen nicht!
Nein! Weine! Thränen gab die Natur uns mit,
    Daß wir des Lebens Müh' ertrügen,
        Weis', als Gesellinnen, auf die Wallfahrt.

So weine! redlich weinet mein Aug mit dir,
Doch weinend wirf in heiligen Staub dich hin!
   Erst danke, daß dein Gott dich, Jüngling,
      Frühe schon würdigte dieser Prüfung!

Dann überlaß es ganz dem Allweisesten!
Dann überlaß es ganz dem Allgütigen!
   Gut wird ers machen, was er machet!
      Gott ist Er, Gott! wir sind Staub und Asche!

Und Unterwerfung strömet dein Blick herab,
Und Ueberwindung flammet dein Blick empor.
   Du rufst, dein Mund nicht, deine Seele:
      Rufet: dein Wille geschehe, Vater!

Meine Prüfung, an Haschka.

In jener grauenvollen Stunde,
  (Weh mir, noch reißt der wilde Schmerz
Gewaltsam auf die kaum geheilte Wunde,
  Und stürmet durch mein Herz;)

Als ihr, der Einzigen, der ganz sich meine
  Erregte Seel' entgegengießt,
Die mir ein Weib, und die es mir alleine
  Im All der Schöpfung ist;

Als ihr der Tod mit allen seinen Schaudern
  Das ernste: **Folge mir!** gedroht,
Und sie, zu groß Minuten nur zu zaubern,
  Die Recht' ihm lächelnd bot,

Als sie von Erdehoffnung nur mit Halmen
  Gebunden, Gott schon ihre Zeit
Genau verrechnete, schon griff nach Palmen
  Der nahen Seligkeit:

Da riß ich mich von ihr, vor Gott zu treten,
  Mein Aug, von keiner Thräne naß,
Sank stumm an seinen Altar hin; denn beten,
  Kan die Verzweiflung das?

Und keiner, keiner, der mich unterm Hammer
  Des Schicksals sah, sprach Trost mir ein;
Denn ach! sie massen ihn mit meinem Jammer,
  Und fanden ihn zu klein.

Nur du, ganz Christ, und Freund und Dichter, schlossest,
  Mein Haschka, beinen Arm mir auf,
Du pflegtest liebreich meiner Wunde, gossest
  Des Mitleids Oel darauf,

Und rauschtest von bekränzter Harfe Leben
  Ins todte Herz mir wieder hin,
Und kehrtest mich die schlaffe Seel' erheben,
  Sie ganz der Erd' entziehn,

Vom Schmerze nimmer übertäubt, mit tiefer
    Anbetung vor dem Ewigen
Versinken in mein Nichts — und so dem Prüfer
    Mit Unterwerfung flehn:

Da nimm sie weg, weg aus den bangen Armen,
    Worein die Liebe sie gelegt,
Und sieht nicht, daß ich ängstlich um Erbarmen
    Zu dir sie ausgestreckt.

Du schriebest jedes ihrer theuern Jahre
    Ins grosse Buch des Schicksals ein,
Du wirst mir auch, wenn ich an ihrer Bahre
    Mich winde, Vater seyn.

Und ist mein Leben ausgeweint, (hienieden
    Heißt dies uns Würmern Ewigkeit,)
Dann harret mein ihr Arm, und Himmelsfrieden
    In wahrer Ewigkeit.

Dann

Dann singt mein freyer Geist dir höhre Lieder,
 Daß du mich streng geprüfet hast;
Denn ach! noch zieht ihn zu gewaltig nieder
 Des Fleisches schwere Last.

So wagt' ich es, ich Staub, vor Gott zu flehen,
 Und Er, der schlägt und heilen kan,
Sah fern schon meine Rettungsstunde stehen,
 Und winkte sie heran;

Sie kam, schön wie ein Schutzgeist, angeflogen,
 Goß Heilung aus der milden Hand
Auf meine Kranke, — ha! da lag der Bogen
 Des Todes abgespannt.

An Denis.

Du edler Mann, und schallt' im Vaterlande
    Auch nicht ein einzig Lied von dir,
Und sähst du nicht das Reich der Wissenschaften
    Mit einem Blicke durch:

Und hättest du die Lehrer jedes Alters,
    Die Weisen jedes Volks auch nicht,
Sie all umglänzt mit Ruhm, in hellen Reihen
    Vor uns vorbeygeführt:

Und tönete der Nachhall deines Ruhmes
    Nicht bis zum fernsten Norden hin,
Mein Denis! doch nicht minder würd' ich ehren,
    Nicht minder lieben dich.

Denn was ist Macht des Lieds, weitkreisend Wissen,
    Und bringen in der Dinge Mark?
Ein zweifelhaft Geschenk, deß Werth und Unwerth
    Stets unser Herz bestimmt.

Ein Herz, wie deines, Freund, das immer offen
    Für jedes himmlische Gefühl,
Sich selber gleich bleibt, nie durch niedre Wünsche
    Sich abgewürdigt hat;

Das dich ermahnt, dein Wissen unterm Schleyer
    Der lächelnden Bescheidenheit
Zu bergen, leichter Ansprach' heitrer Blicke,
    Und frohen Muths zu seyn;

Das eifernd für Gott, und Recht und Tugend,
    Doch duldsam auch und nachsichtsvoll
Den Irrenden nicht richtet, jedem Edlen
    Sich mittheilt brüderlich,

Sich gern ergießt, wenn rings die Heldenjugend
    Um dich versammelt horcht, und du
Hold, wie ihr Schutzgeist stehst, und freundlich lispelnd
    In ihre Seelen sprichst.

Ja so ein Herz, erhöht durch Geistesgaben
    Und ausgegossen in ein Lied,
Lockt nach Jahrhunderten noch Dankeszähren
    In eines Frommen Aug.

                           Dein

Dein Alxinger, o nie wird er vergessen
  Des Wonnetags, als er zuerst
Dein holdes Antlitz sah, doch noch nicht wagte
  Zu weiden sich daran;

Halbstammelnd, Haupt und Blick gesenkt zur Erde,
  Ein unbekannter Jüngling stand,
Und du ihn Dichter grüßtest, ihm die Rechte
  Mit sanften Blicken bothst;

Da kehrte seine Schüchternheit in Freude,
  Und sanft hub seine Seele sich.
So wie, beglänzt von milder Abendsonne,
  Das Haupt ein Veilchen hebt.

Freund, nimm dies Herz, von Laster unbeflecket,
  Für deine Huld ein kleiner Lohn!
Nimm dieses Lied, zum Denkmal bey dem Enkel,
  Daß ich dich ganz gekannt.

Doch würden ja (zwo heisse Thränen fallen
  Bey dem Gedanken auf mein Spiel)
Und würden alle Töne dieses Spieles
  Vom Sturm der Zeit verweht,

So sey mein Trost, daß unter deinen Freunden
  Auch ich genennet, daß mein Grab,
Obgleich schon längst mit ernstem Moos bewachsen,
  Nicht ganz vergessen sey,

Und einst darauf der fromme Pilger rastend
  Mir flüstre seinen Wunsch hinab:
„O ruhe sanft, du warst der Bessern Einer,
  „Denn Denis liebte dich.„

An mein Saitenspiel.

Du nie von mir entweihtes Saitenspiel,
Das um kein Ordensband ich Jüngling tauschte,
Dir dank' ich manches eblere Gefühl
Erwacht, wenn ich bey dir im Stillen lauschte!

Ein andrer mag, durch Pergamente groß,
Im goldenen und unbezahlten Wagen
Sich brüsten; mag auf Londens eblem Roß
Dem Hirsche nach, beym Schall des Hüfthorns, jagen,

Mag, ein geschworner Feind der Nüchternheit,
Auf silbernen Servicen Schmeichler speisen,
Daß sie dafür bald sein Pariserkleid,
Bald seinen Witz, bald seine Dose preisen.

Ha! frey bin ich, und habe nie gelernt
Mein deutsches Herz an Kleinigkeiten binden,
Von Dürftigkeit und Reichthum gleich entfernt,
Weiß ich mein Glück in mir allein zu finden.

In kühler Nacht, beym lieben Mondenschein,
Wenn Thoren noch am Ombretisch erbleichen,
Da will ich mich nach Isters Espenhayn,
Mein Saitenspiel! von dir begleitet, schleichen.

Ich sing' in dich die keusche Zärtlichkeit,
Die purpurner des Mädchens Wange röthet,
Im Jünglinge, der ihr sein Herz geweiht,
Der viehischen Begierden Geyer tödtet.

Den muntern Scherz, der Parasanguen weit
Von des Pasquills ehrloser Pfütze wohnet,
Zu bessern sucht, und mit Bescheidenheit
Das Laster schlägt, des Lasterhaften schonet.

Die Sympathie, durch deren magisch Band
Zwo Seelen schnell sich hingerissen spüren,
Beym ersten Blick, beym ersten Druck der Hand
Einander oft in jedem Punkt berühren:

C   Dann

Dann schmückest du, wenn ich verweset bin,
Noch lang mein Grab, dann eilt mit jedem Lenzen
Minona selbst mit meinem Cronan *) hin,
Umwindet dich mit frischen Veilchenkränzen;

Und trocknet sich ein Engelthränchen ab,
Hinlispelnd noch der Freundschaft besten Segen:
Indessen weht wie dankend aus dem Grab
Ein kühler Wind, dem frommen Paar entgegen.

*) S. die Litterar. Monate.

Mäßigung.

Wenn dein Busen oft, voll Urkraft schwebend,
Durch des Flors Verschiebung sich mir wies;
Und mein Blick, an diesen Reitzen klebend,
Kaum sich mehr zurücke rufen ließ.
O so rief ich doch den Frevlerblick
Mühsam zwar, doch rief ich ihn zurück.

Dieser Gott, so sagt' ich tröstend mir,
Der für mich die schöne Brust gerundet,
Der darinnen zärtliche Begier,
Mir nur zu gefallen, angezündet,
Dieser gute Gott, ist ers nicht werth,
Daß man ihn durch Selbstverleugnung ehrt?

Wenn vor seinem Altar deine Hand
Einst jungfräulich in der meinen bebet;
Und zu segnen unser heilig Band,
Schon sein Engel liebreich niederschwebet;
Dann wird mir zur süssen Aerndtezeit
Wonne werden diese Mäßigkeit.

Dann will ich den Taumelbecher leeren;
Mit der Liebe Myrthen froh bekränzt,
Trink' ich dann die letzte banger Zähren,
Die dir auf der röthern Wange glänzt;
Jeder jetzo mir versagte Kuß
Reift mir dann zu doppeltem Genuß.

An

An ein verlassenes Mädchen.

O was blickst du so gelassen,
Liebe, kleine Heuchlerin!
Seit dein Falscher dich verlassen,
Ist auch deine Ruhe hin.

Zwar verbirgst du deine Schmerzen,
Willst bewaffnen dich mit Zorn:
Aber tief in deinem Herzen,
Armes Mädchen, sitzt ein Dorn:

Ach, der Dorn mißlungner Liebe;
Wenn dich fern von ihm das Glück
Unter andre Himmel triebe,
Dächtest du an ihn zurück.

Dächtest du des sanften Lebens,
Als er dir zur Seite saß,
Und das Schicksal seines Lebens
Aus dem blauen Aug dir las:

Und des Schaubers, der dir lange
Jede Nerve durchgezückt;
Als zuerst sich seine Wange
An die deinige gedrückt.

Dächtest, wie so oft, mit Rosen,
Du ihn Schlummernden geweckt,
Tändelnd oft ihn warfst mit Rosen,
Die vor deiner Brust gesteckt.

Unauslöschlich, zwar verhehle
Dieses dir, und täusche dich,
Unauslöschlich in die Seele
Gräbt die erste Liebe sich.

An Liebchen.

Mein Liebchen, als beym ersten Kuß
An meinem Mund dein Mündchen klebte,
Als meine Seele, ganz Genuß,
Mit deiner Seele sich verwebte;
Da thaten wir den frommen Schwur:
Nach eitler Größe nie zu streben,
Und still mit ein paar Freunden nur
Zu schlendern durch das kurze Leben.

Geliebteste, nur noch ein Jahr,
So wird das schönste Band uns knüpfen,
So wird am heiligen Altar
Dein Herzchen mir entgegen hüpfen:
Dann laß uns, klein und unbekannt,
Nichts, ausser uns, zum Glück bedürfen,
Und so im heilgen Mittelstand
Den Wonnekelch der Liebe schlürfen.

Wenn vor dem Wagen eines Grossen
Verbrämter Läufer Fackel stralt,
Und wenn der Huf von Londnerrossen
Durch die betäubten Gassen hallt:

Da muß ich, Engel! dich am Arm,
Den übergrossen Mann beklagen;
Denn, siehst du nicht? ein Sorgenschwarm
Sitzt neben ihm im goldnen Wagen.

Ihn können persische Tapeten,
Ihn kan sein glänzend Schlafgemach
Nicht von den bleichen Gästen retten,
Sie drängen seiner Ferse nach;
Sie schaffen in damastnen Küssen
Zu Stacheln um den Ederdon,
Es fleugt vor ihren Natterbissen
Der oft gerufne Schlaf davon.

Doch keine finstre Sorge spücket
In unserm stillen Kämmerlein;
Die Liebe, die's mit Rosen schmücket,
Weiht sichs zu ihrem Tempel ein,
Gießt, nach dem süßten ihrer Siege,
Auf uns den Balsam sanfter Ruh,
Vermischet unsre Odemzüge,
Und schließt dein blaues Auge zu.

Der Morgen.

Bey des Morgens erstem Stral,
Wenn nach meines Mädchens Garten
Ich mich unbelauschet stahl,
Fand ich schon sie meiner warten.

Liebe, scheuchte Liebe nur
Sie so früh aus ihrem Bettchen?
O wie war sie ganz Natur!
O wie milchweiß ihr Jakettchen!

Kein Toupet, und kein Chignon
Machten ihre Haare stocken,
Von sich selbst geringelt schon
Flatterten die schwarzen Locken;

Bey verliebter Vögel Sang,
Bey des leisen Windes Wehen,
Schlenderten wir Wang' an Wang'
Arm in Arm durch die Alleen:

Haschten Schmetterlinge viel
Auf dem breiten Blumenbette,
Hüpften, trieben unser Spiel,
Wohl mit ihnen in die Wette.

Bis uns Milch, so weiß als Schnee,
Körbchen, voll von Zuckernüssen,
Bis die Kanne, voll Kaffee,
Nach der Laub' uns wandern hiessen.

Dann, o wie ein König groß,
Saß ich bey dem kleinen Mahle;
Hatte sie auf meinem Schooß,
Trank mit ihr aus Einer Schale.

Jeder Seufzer ward erhört,
Jede Freyheit ward gelitten;
Und, mir Kosendem, gewährt
Alle leisen Liebesbitten.

Dennoch zankten wir uns auch,
Und sie floh, um mich zu necken;
Aber selbst im dicksten Strauch
Half mir Sehnsucht sie entdecken.

Nun

Nun das lose Mädchen sah,
Daß sie keine List befreyet,
Sprang sie her, stand lächelnd da,
Ganz mit Blüthen überschneyet;

Both mir ihren kleinen Mund,
Meine Lippe drauf zu schliessen,
O ich küßte sie nun wund,
Ohne je mich satt zu küssen.

Das zärtliche Mädchen.

O willkommen, stille Hayne!
Daß in eurer Dunkelheit
Ich um meinen Fernen weine,
Thränen heisser Zärtlichkeit.

Hier, wo einst in Wonnestunden,
Hingegossen auf das Gras,
Ich von seinem Arm umwunden,
Glücklich auch die Welt vergaß.

Wo, bey sanftem Händedrücken,
Ich mit ihm durchs Dunkel gieng,
Unterdeß an meinen Blicken
Feuervoll der seine hieng.

O da lispelt' er bescheiden
In mein Ohr der Liebe Schwur;
Und es schien an unsern Freuden
Theil zu nehmen die Natur;

Denn

Denn es lispelten die Quelle
Und die Abendwinde mit,
Frischer war die Rasenstelle,
Jedes Blümchen aufgeblüht.

Aber jetzo klagt die Quelle,
Seufzt der Abendwind um ihn,
Auf die welke Rasenstelle
Sinken matt die Blumen hin.

Dennoch, wenn ein rauschend Blättchen
Diese leisen Seufzer stört,
Glaubt sein liebesiches Mädchen,
Daß es seinen Fußtritt hört.

O daß es nicht mehr sich täusche,
Komm, es ladet dich der Hayn,
Dieser Quelle Klaggeräusche,
Diese kranken Blumen ein.

Ueber Felder, über Klippen
Walle, Flüchtiger, dein Fuß;
Komm, schon glüht auf meinen Lippen
Dir der Liebe Freudenkuß.

Auf Doris.

Wenn ihre Stimme sich erhebt,
Und sanft, als wie ein Bach in Edens Gefilden,
fließet;
Indessen überm Klavier das schönste Aermchen
schwebt,
Das je ein Glücklicher geküsset:
Da stehen wie Novizen in der Runde
Um diese neue Zezilia
Die Liebesgötter da,
Den Finger auf dem Munde:
Vergessen Tändeln, Spiel und Scherz,
Und sehen beschämt, daß keiner ihrer Pfeile
So schnell, so unvermeidlich das Herz
Als einer von Doris Tönen ereile.

Der Anstand.

Hier, wo der Boden sich mit gelben,
Dem Baum' entsunknen Blättern deckt,
Nackt über mir sich Aeste wölben,
Lieg' ich im Rasen hingestreckt:

An einer alten Eiche hänget
Mein ungeladen Feuerrohr;
Denn, o kein Mordgedanke dränget
Sich in ein zärtlich Herz empor.

O weidet nur, ihr jungen Rehe!
O weidet nur in Sicherheit;
Obgleich ich Liebesiecher sehe,
Wie ihr durch Liebe glücklich seyd.

O Gott! wie, wenn sie plötzlich käme
Durch dieser Bäume Säulengang,
Wenn fernher schon mein Ohr vernähme
Des lieben Mädchens Engelsang!

Auffahr' ich, wie ein Feuerfunken,
Umarme sie so inniglich,
Und jauchz' und klammre wonnetrunken
So fest an ihre Schulter mich.

Dann lang' ich Brodt aus meiner Tasche,
Das nun der Götterspeise gleicht,
Und trink' aus dieser Jägerflasche,
Noch von des Mädchens Lippen feucht.

Weh mir! ich fühle, daß ich träume,
Ach, meilenweit entfernt ist sie,
Und in dem Säulengang der Bäume
Nur Schweigen und Melancholie!

Die Erinnerung.

Ach, ich Falscher! konte sie verlassen,
Die mich liebte, wie kein Mädchen liebt,
Die noch jetzt, nicht fähig mich zu hassen,
Sich durch Wehmuth ihre Tage trübt,
Einsam oft an diesen Ufern gehet,
In den Sand oft meinen Namen schreibt,
Und dann weint, wenn schnell ein Lüftchen wehet,
Daß die kleinste Spur nicht übrig bleibt.

Doch sie, sprich du liebe kleine Quelle,
Die des sanften Kosens Zeugin war!
Nicht dein Wasser, o so süß und helle,
Aus der weissen hohlen Hand mir bar?
Segnend schlürft' ichs auf, und ihre Wangen
Röther, weil die Kleine sich gebückt,
Glühten mehr noch, als ich einen langen,
Einen warmen Kuß auf sie gedrückt.

O Lieblich

Lieblich sah der Mond auf diese Scene,
Ihm von Lieb' und Unschuld vorgespielt,
Und versilberte die holde Thräne,
Die ihr himmelblaues Aug erfüllt.
O ein zärtlich Herz nur kan es fassen,
Was für Freuden uns die Liebe giebt,
Und ich Falscher hatte sie verlassen,
Die mich liebte, wie kein Mädchen liebt!

Doris

Doris auf dem Balle.

Du, der nicht richterisch und kalt
    Sich Schönheitskenner nennt,
Der ihre siegende Gewalt
    Aus der Erfahrung kennt:

Der du's zu fühlen fähig bist,
    Sieh meine Doris an;
Empfind' es ganz, wie schön sie ist,
    Und weide dich daran.

Wie unterm schwarzen Domino
    Ihr Schneehals Wunder thut:
Sanft lacht ihr Aug, und mildert so
    Den stolzen Federhut.

Frey läßt sie flattern ihr Gewand,
    Und frey ihr blondes Haar:
Stampft mit dem Füßchen, beut die Hand
    Zum Reihentanz mir dar.

Man drängt sich, wo sie tanzt, hervor,
 Schließt einen Kreis um sie,
Und lispelt sich entzückt ins Ohr:
 „O seht nur, die ists, die!„

Doch ha! nun führt der Reihentanz
 Zu mir sie wieder her,
Der blauen Augen sanfter Glanz
 Stralt jetzt noch göttlicher.

Sie fleugt vorbey, drückt mir die Hand,
 Und nicket noch zurück:
Ich stehe da, nach ihr gewandt,
 Und fühle ganz mein Glück.

Fühl' es, vergesse, wo ich bin,
 Am Boden starrt mein Fuß,
So, daß die nächste Tänzerin
 Mich zu sich reissen muß.

Die Verlassene.

Ach, mein Busen hebt sich bange,
Nichts als Klagen stöhnt mein Mund,
Und die abgehärmte Wange
Ist von meinen Thränen wund!

Und auch du hast ihn zerrissen
Diesen dreymal heilgen Bund,
Den mit seinen Erstlingsküssen
Dir versiegelte mein Mund.

Weh mir! was ist Männertugend,
Wenn sie so der Treue lohnt?
Nicht die Liebe, nicht die Jugend,
Nicht die Unschuld selber schont!

Weh mir! was ist Männerliebe?
Nicht ein inniges Gefühl,
Grobe, thierverwandte Triebe,
Sinnenweide, Fibernspiel.

Winseln kan sie, flehen, zanken;
Aber dauern wird sie nie,
Unsre Härte setzt ihr Schranken,
Der Genuß ersticket sie.

Ich, in deren kranken Herzen
Noch die böse Liebe flammt,
Bin zu Duldung ihrer Schmerzen
Und zu stetem Gram verdammt.

Doch in öden Einsamkeiten
Wein' ich gern, wenn mein Geschlecht
An der Männer Grausamkeiten
Mich durch Haß und Kaltsinn rächt.

Die Brünette.

Gesehen, ja gesehn, die göttlichste Brünette,
O Abend, mir ein Wonnefest!
Denn Amor heftete mit untrennbarer Kette
Ihr Bild an meine Seele fest.

Die dunkle Schelmenaug, voll von verhaltnem
Feuer,
Und fähig zu der Liebe Wuth,
Die Haar, wie Ebenholz, das unterm leichten
Schleyer
Des Dünntuchs doppelt Wunder thut.

Die Weisse dieser Stirn', erhöht von Augen-
braunen,
Wie Raben schwarz, wie Seiden fein;
Dies weiche Kinn, umschwebt von Scherz, von
süssen Launen,
Und von der Liebe Tändeleyn:

Dies

Dies Füßchen, nymphenhaft; der Wuchs, o ihn
umspannen
Wär Himmelsfreude! herrlich steht
Sie unter Mädchen da; wie unter kleinen Tannen
Die Königin des Waldes steht.

Und, o wenn ihre Hand, hin über dem Klaviere
So leicht, so küssenswürdig schwebt,
Wenn, sanfter als der Hauch hinwallender Zephyre,
Sich ihre Silberstimm' erhebt.

Weh mir! da pocht mein Herz, da glühet meine
Wange,
Gleich Stürmen treibt es mich herum:
Hoch drängt sich auf in mir ein inniges Verlangen,
Doch, ach! mein Auge selbst ist stumm.

Der Boden wanket hin, flieht unter meinen Füssen,
Und lechzend schwör' ich, Liebe, dir,
Nur Einen, Einen nur von dieses Engels Küssen,
Und o mein Leben nimm dafür!

An eine todte Geliebte.

Hier, wo mein Aug' dem späten Morgenrothe
So oft entgegenweint,
Hier steh' ich dir, erschein' o meine Todte,
Erscheine deinem Freund!
Haſt du vergeſſen dieſe kleine Kammer,
Wo einſt ich bey dir ſaß,
Und alle Lebensmüh' und Erdejammer
An deiner Bruſt vergaß?

Doch ja du kömmſt, zu tröſten mich im Leide,
Du Holde naheſt dich
Wie Engel ſchön, im weiſſen Todtenkleide,
Und ſo umſchwebſt du mich:
Verſprichſt mir bald, was innigſt ich verlange,
Ein kühles ſanftes Grab,
Und trockneſt mir die thränennaſſe Wange
Mit deinen Locken ab.

Doch bald versiegt ist diese Thränennässe,
Mein mattes Auge bricht,
Die Wange sinkt, und kalte Todtenblässe
Umzieht mein Angesicht;
Auch ich, wohl mir! werd' auf der Bahre liegen
Frey von des Lebens Last,
Auch ich die schöne Palmenkron' ersiegen,
Die du ersieget hast.

Indessen eilt ihr bangen Lebensstunden,
Von tausend Seufzern schwer,
Eilt schnell dahin, dann bluten meine Wunden
In Ewigkeit nicht mehr!
Dann werd ich, wie die Sonn' aus Finsternissen,
In deine Arme gehn;
Und Sterne drehen unter unsern Füssen,
Und Menschen weinen sehn.

Lied eines Hagestolzen.

Predigt mir von Hymen nicht,
Rühmt mir nicht das Glück der Ehen!
Hymen ist ein Bösewicht,
Und ich weiß, was ich gesehen:

Für die fade Tändeley
Der zwo ersten Flitterwochen,
Ich, wie Deutschlands Götter frey,
Ich mich selber unterjochen?

Wurm genug beym finstern Blick
Eines Weibsens mich zu winden,
Thor genug, mein künftig Glück
An ihr Nachtkorset zu binden?

Und o dich Zufriedenheit!
Nur par renomée zu kennen,
Weil mit falscher Zärtlichkeit
Mich Popanzen Vater nennen?

Traut nur auf ein Weiberherz,
Kürzt nur eure Lebensjahre,
Von der Schäferliebe Schmerz
Hingepeitschet zum Altare!

Mag der gute Himmel sich
Eurer Raserey erbarmen!
Freyheit! dich, ich fasse dich,
Fasse dich mit beiden Armen.

An einen Hagestolzen.

Du willst, so stark dein Herz auch schlägt,
Den Wunsch vom Schöpfer drein gelegt,
Der Menschheit Wunsch ihm nie gewähren;
Voll wonniger Melancholie
Der edlern Liebe Lispeln nie,
Und nie den Vaternamen hören.

Die Jugend flieht allmählig hin,
So frisch auch deine Wangen glühn,
So sternhell auch dein Auge funkelt,
Das Alter, schneller als man glaubt,
Hat bald der Wang' ihr Roth geraubt,
Hat bald ein helles Aug verdunkelt.

Und dann, dann rächt sich die Natur;
Der Ehelose scherze nur,
Er büßt für diese Frevlerscherze;
Er sieht auf einmal um sich her
Die ganze weite Schöpfung leer,
So leer und düster, wie sein Herze.

Und o wie's eble Seelen kränkt,
Zusammen in sein Ich gedrängt
Stirbt er durch viele lange Jahre.
Nie rollet in sein einsam Grab
Der Wehmuth sanfte Thrän' hinab,
Sein Erbe lächelt bey der Bahre.

Nicht so, wer in der Seinen Kreis
Des Lebens zu geniessen weiß;
Der fühlt den Werth von jeder Stunde,
Wenn er in ihren Zirkel kömmt,
Dann ist's ein Jauchzen, Segen strömt
Entgegen ihm aus jedem Munde.

Sanft ist sein Leben, sanft sein Tod,
Er that, wie die Natur geboth,
Sieht sich verjüngt in seinen Sprossen,
Sein guter Schöpfer rufet ihn,
Er eilt ins beßre Leben hin,
Nachdem er dieses ganz genossen.

Er segnet seine Kinder noch,
Lehrt sie des Heilands sanftes Joch,
Und spricht entzückt von dessen Lohne,
Küßt seiner Jugend Weib, wird blaß,
Und eilt, von ihren Thränen naß,
Hinauf zu des Vergelters Throne.

Prüfung,

Prüfung, ob man liebt.

Mein Mädchen wollt' ich jüngst belauschen,
Sie hörte nicht des Schirmes Taffet rauschen,
Der mich bedeckt.
Doch, Himmel! was hab' ich da entdeckt!
Nun eben wollte sie sich entkleiden,
Wie kont' ich da die gierigen Blicke weiden!
Der schönste Busen entschlüpfte dem Flor,
Und wie in der Quelle
Die kleinste Welle,
So fiel er, so wallt' er empor.
Versteinert stand ich da, doch als ich mich erholte,
Erkannt' ich, was ich sollte;
Und thats: und floh davon.
Nun mögen Epikurer lachen,
Und Faunen über mich sich lustig machen,
Mein Herz giebt mir den schönsten Lohn.
Ein jeder Leser prüfe sich,
Ob er gehandelt hätte, wie ich?
Und wem sein Herz nicht dieses Zeugniß giebt,
Der sage ja nicht, daß er liebt.

An meine Freunde.

Geniesset des Lebens,
O Freunde genießt,
Weh euch! wenn vergebens
Die Jugend verfließt!
Geniesset der Freude,
Sie biethet sich dar
Im festlichen Kleide,
Mit Blumen im Haar.

Ein Wuchrer verüble
Mir Freyheit und Lust,
Der rechne, der grüble
Mit keuchender Brust:
Erknick' und erwerbe
Sich fürstliches Gut,
Daß einstens ein Erbe
Sein spottend verthut:

Ha, hört ihr ertönen
Die volle Muſik?
Euch lächeln die Schönen,
Euch lächelt das Glück:
Auf, munter mit Kränzen
Die Stirenn umlaubt,
Und unter den Tänzen
Brav Küſſe geraubt!

Und wenn ja zu heilig
Ein Mädchen ſich wehrt,
Sich, ſtreng und jungfräulich,
Vom Küſſenden kehrt:
So langt nur ein Gläschen
Champagner ihr her!
Sie rümpfet das Näschen,
Ich wette, nicht mehr.

Friedensfeyer 1779.

Der Engel Gottes kömmt, rings in den Wieder-
 hallen
Ist seines Panzers Klang, um ihn
Zieht furchtbar Dunkel sich, die düstern Locken fallen
Ihm auf die Schulter hin.

Ein flammend Rachschwerdt in der Rechten, in
 der Linken
Ein Donnerwetter, stürmet er,
Gesendet, daß durch ihn die Feinde Gottes sinken,
Durch alle Himmel her.

So kam Theresens Sohn, nach lang verhaltnem
 Grimme,
Als über Böhmens Feldern stand
Die schwarze Kriegeswolk', und schon des Pflügers
 Stimme
Ob seiner Hütte Brand,

Und seiner Kinder Raub, und Plündrung seiner Scheunen
Laut jammernd sich erhub; ein Nu:
So macht der Fürst sich auf, so eilet er den Seinen
Mit jeder Rettung zu.

Und führt, erhabner Prinz! dein Bruder und dein Vater
Dich von dem hohen Kaiserhaus
Aufs Schlachtfeld, bildet dich zum künftigen Berather,
Zum Helden Oestreichs aus.

O singen will ich nicht den trüben Scheidungsmorgen!
Therese ließ euch von sich ziehn;
Zwar stürmten durch ihr Herz die endelosen Sorgen
Der Mutter, und der Herrscherin.

Doch betete sie auf mit tröstlicher Geberde
Zu Gott, der Kriegesschaaren Gott:
„Der mich, da rings umher die Mächtigen der Erde
„Mit starkem Arm gedroht,

„Mit

„Mit stärkrem hielt, du HErr wirst winken den
  Geschützen
„Den Weg, wo ihre Zelten stehn,
„Vorbey zu donnern, du durch deinen Engel schützen
„Die lieben Scheidenden!„

Triumph! er schützte sie. Die königlichen Brüder,
Verwüstung zeichnet' ihre Bahn
Vordem, sie rauschten von den Bergen Böhmens
  nieder
Als wie ein Ozean:

Ha! beide standen jetzt, und müßten sich zu wenden
Die ihnen drohende Gefahr,
Und selbst der graue Held both jetzt mit müden Händen
Zuerst den Oelzweig dar.

Heil ihm, daß er ihn both, das Blut der Deutschen
  schonend!
Heil zwiefach dir, der du ihn nahmst
Mein Kaiser! Schön ist zwar, mit Palm' und Lorbeer
  lohnend,
Der Weg, von dem du kamst:

Doch ach! er ist auch roth vom Blute, naß von
 Thränen,
Feucht von der Starken Todesschweiß;
Der Menschenschätzer kan sich nicht nach Kränzen
 sehnen
Erkauft um diesen Preiß.

Gesegnet seyst du denn mit tausend Freudenzähren,
Gesegnet deiner Vaterstadt
Du Volkserhalter, der den Weg der blutgen Ehren
Gezwungen nur betrat!

Gesegnet mit ihr Starken alle, du ein Sieger
Auch ohne Schlacht Held Laudon du!
Dich ehret dein Monarch, dir jauchzen Oestreichs
 Krieger,
Und Friedrich selbsten zu.

Und du voll Eigenglanz, o Haddik! der gedrungen
Einst mitten durch der Feinde Reyhn,
Und in der Königsstadt die Fackel hoch geschwungen,
Du rascher Lichtenstein,

Der

Der auch im Frieden sich zur Heldenarbeit stärket,
Auf dem der Geist des Oheims ruht!
Du weiser Lacy, der dem Blöden unbemerket
Im Stillen Wunder thut!

Und du des Ungars Führer, Führer des Kroaten
O Wurmser, dessen krummes Schwerdt
Der Todessense glich, und das nach grossen Thaten
Nun in die Scheide kehrt!

Genießt, o ihr verdients, der Ruhe, die der Friede
Und Joseph und Theres' euch beut:
Ihr dankt ja eurem Heldenmuth und Sinends Liebe
Schon lang Unsterblichkeit.

An Doris *).

Laß uns lieben, mein Liebchen! laß uns lieben,
Laß uns all das Gebrumme strenger Alten
Ja nicht höher, als eines Hellers, schätzen:
Auf und untergehn können wohl die Sonnen.
Wir, gieng einmal dies kurze Leben unter,
Müssen ewiglich Eine Nacht durchschlafen.
Gieb mir Küsse, nun tausend, und nun hundert,
Andre tausend nun, dann das zweyte Hundert,
Und dann wieder bey tausend, und dann hundert;
Sind dann mehrere Tausend' abgeküsset,
Laß verwirren sie uns, daß wirs nicht wissen,
Und der Neid sie zu zählen selbst verzweifle,
Wenn er denkt, daß es gar zu viele waren.

*) Nach dem Katull.

Warnung.

O Jüngling, liebst du Glück und Ruh,
So schließ dein Herz vor Mädchen zu,
Trau auch der Besten nicht;
Sag weiter nichts, als: nein und ja,
Sieh niemals auf, und stehe da
Mit stoischem Gesicht;

Giebt sie dir süsser Wörtchen viel,
Singt mit erheucheltem Gefühl
Sie dir ein Liedchen vor;
Fein nachgeschlagen, wie Ulyß *)
Wachs in das Ohr der Freunde ließ,
Und auch verstopft dein Ohr.

Wenn ihre Hand von ungefähr
Sich auf die deinige verlör,
So nütze nicht dies Glück

---

*) Ἀυταρ ἐγω κηροιο μεγαν τροχον ὀξει χαλκω
Τυτθα etc. Ὀδυσσειας M.

Und schieb nur schnell, so schwer's auch ist,
Schieb ungedrücket, ungeküßt,
Die schöne Hand zurück.

Ein Mädchenherz, o merke das!
Gleicht einem schönen Spiegelglas,
Ist schlüpferig und fein,
Lockt durch den Schein, bleibt immer kalt,
Nimmt willig jegliche Gestalt,
Und keine prägt sich ein.

Stolz, Eitelkeit und Eigensinn,
Regieren umumschränkt darin;
Doch bleiben die verkappt,
Bis daß ein Mann, wie man ihn heischt,
Jung, feurig, reich, vom Schein getäuscht,
Sich beym Altar verschnappt.

Dann ändert ihre Rolle sich;
Sie spielt, sie, die erst inniglich
An dem Geliebten hing,

Mit

Mit andern jetzt den zweyten Akt,
Gesichert durch den Ehkontrakt,
Und durch den Trauungsring.

Drum, Jüngling, o verwahr dich doch
Vor Trauungsring, vor Weiberjoch,
Und fleuch und fürchte sie;
Trotz Amors süßen Lockungen,
Glaub, eine Thorheit zu begehn,
Ists immer noch zu früh.

Bragars

Bragars Erklärung.

Auf den gefahrenvollen Straſſen
Von ſelbſt erfundnen Silbenmaſſen
So ſtolz einher als Don Quixotte gehn,
Bald nach Walhallas Hallen ſehn,
Bald wieder auf Erden alle Buchen,
Und Eichen, und Fichten, und Tannen beſuchen,
Nach jedem meilenlangen Wort
Die Katten, Quaden, Markomannen
Mit Thor, mit Hertha, Freya, und ſo fort
Gebietheriſch zuſammen bannen,
Verdienet wol ſolch ein Popanz
Von einem Gedichte den Eichenkranz?

Doch ſo wie Denis und Haſchka ſchreiben,
Dem Klugen ſtets verſtändlich bleiben,
Durch Schmeicheley die Harfe nicht entweihn,
Mit ſicherm Blick in die Natur hinein

Und

Und in des Herzens Tiefen schauen,
Gefallen, rühren und erbauen;
Der Biedermann,
Der so was kan,
Der melde sich bey Bragärn an,
Ich will sein Freund und Leiter seyn,
Und feyerlich ihn zum Barden weyhn.

Anakreons siebenzehnte Ode.

Du singst die Kriege Thebens,
Und jener Trojens Schlachten,
Ich meine Niederlagen;
Kein Reuter und kein Fußvolk,
Kein Schiff hat mich vernichtet,
Ein Kriegsheer neu, voll Ränke,
Schoß mich aus Liebchens Augen.

Anakreons vier und zwanzigste Ode.

Nun ich sterblich bin gebohren,
Muß ich durch das Leben reisen,
Weiß den Weg, den ich durchwandert,
Weiß nicht den, der mein noch harret;
Packt euch weg von mir, ihr Sorgen,
Nichts hab' ich mit euch zu schaffen;
Ehe mich mein End' ereilet,
Will ich scherzen, lachen, tanzen,
Mit dem reitzenden Lyäus.

Sechs Sinngebichte aus dem Owen.

An die leser.

Gott hätte Sodoma geschont bloß wegen fünf
  Gerechter,
Fünf guter Verse wegen schont ein ganzes Buch
  voll schlechter.

An gewisse Autoren.

Ihr kennt die Alten nicht, und Eigendünkels voll
Hofft ihr, daß euch die Nachwelt kennen soll?

An Kleant.

Die Dummheit nur macht fromm, behauptest du,
  Kleant?
Du bist der frömmste Mann im Land.

Auf einen Heuchler.

Der Heuchler.
Nie weiß meine linke Hand das, was meine Rechte
giebt.
Antwort.
Ja, das glaub' ich, weil, o Heuchler, deine Rechte
gar nichts giebt.

Auf einen alten Freyer.

Du, der so siech dein Leib auch ist, so grau
Dein Haupt auch ist, zum drittenmale freyte,
Wiß, Klotho war die erst' und Lachesis die zweyte,
Und Atropos ist deine dritte Frau.

Die Schmeichler.

Bey Grossen nur glänzt feiler Schmeichler Witz,
So hat die Laus im Kopf nur ihren Sitz.

Zwey Sinngedichte.

Klimene.

Gar bald vertauschete die Büsserin Klimene
Mit Amors Freuden die Klausur,
Sie ist die zwote Magdalene,
Doch in verkehrter Ordnung nur.

Auf Werthers Grab,
in einem englischen Garten gesetzt.

O laßt es Werthers Grab, ihr weichgeschaffnen
Seelen,
An keinen Blumen nie, und nie an Thränen fehlen,
Du aber, kalter Christ, vergönn' ihm diese Ruh,
Gott, (beug das Knie und schweig,) Gott richtet
nicht, wie du.

Lied einer Nonne.

Bittre Thränen, deren Quelle
Nie versieget, fliesset hin,
Ueberschwemmt die öde Zelle,
Wo ich eingekerkert bin!

Trüb das Aug, mit blassem Munde,
Welker Wange, fleh' ich hier
In der grausen Geisterstunde,
Mein Gekreutzigter, zu dir!

Ach, ersticke dieses Feuer,
Das in meinem Busen wühlt,
Das kein Skapulier, kein Schleyer,
Das kein heilig Wasser kühlt!

Sieh! an meinen hagern Lenden
Naget das Zilizium;
Und den Rosenkranz in Händen
Irr' ich durch dein Heiligthum:

Spreche mit Cathrinens *) Ruthe
Der empörten Menschheit Hohn,
Geißle mich, von härner Kutte
So schön wund, zum Skeletton.

Dennoch, weh mir Armen, wehe!
Scheint mir Selmar immer nah;
Wo ich knie, wo ich stehe,
Ist das Bild des Jünglings da!

Will ich im Breviere beten,
Find' ich seinen Namen drin;
Will ich zum Altare treten,
Seh' ich, statt des Priesters, ihn;

Wenn ich auf dem Antlitz liege,
Hebet er mich tröstend auf;
Knie' ich auf der heilgen Stiege **),
Kniet auch er vor mir hinauf:

Selbst

---

*) Die h. Catharina von Siena, eine Ordensstifterin.
**) Die h. Stiege ist eine Treppe, in deren Stufen Reliquien eingegraben sind, und die man hinaufkniet.

Selbst aus blassen Leichensteinen
Tönt mir seine Stimm' ins Ohr,
Zwischen modernden Gebeinen
Glänzt sein blaues Aug hervor.

Von Gedanke zu Gedanke
Fortgeschleudert, steh' ich hier,
HErr, vor deinem Kreutz, und wanke
Zwischen ihm und zwischen dir;

Denn die frommen Mörder haben,
Jesus, dir mich anvertraut.
Sieh, lebendig eingegraben
Winselt strafbar deine Braut,

Schmachtet, ewiglich verlassen,
Hier an diesem Jammerort,
Wie auf unwirthbaren Strassen
Ein verwahrlost Bäumchen dorrt.

Laß sie ja nicht länger schmachten,
Geh mit ihr nicht ins Gericht,
Lieb' und Welt, will sie verachten;
Aber ach, sie kan es nicht.

Tilge dieses heisse Sehnen,
Schaff' in meinem Herzen Ruh,
Oder drück' ein Aug voll Thränen
Durch die Hand des Todes zu.

Siegeslied
eines Amerikaners.

Triumph! verdonnert hat die Schlacht;
    Frey sind wir, Brüder, frey!
Zerstreut von uns ist ihre Macht,
    Wie vor dem Winde Spreu.

Ha! fremdes Volk, sonst bieder, brav,
    Für eigne Freyheit nur
Gerüstet, jetzund Howens Sklav,
    Erkauft, gleich einer Hur'.

Ha! nehmet, Frohnknecht', Englands Gold,
    Ha! nehmt es mit ins Grab;
Bey Gott hinfür erspart's den Sold,
    Dens, uns zu morden, gab.

Euch streckt' ich hin, und jauchzte laut,
    Ein Opfer, Freyheit, dir!
Süß, wie das Liebslied einer Braut,
    Wär' euer Röcheln mir;

Und euer Blut mir reitzender,
    Als heitrer Morgenglanz;
Auf euern Schädeln gieng ich her
    Im hohen Reihentanz.

Doch, wenn auf mich, die Wange bleich,
    Von Hunger und von Gram,
Das Auge trüb, wie eine Leich,
    Ein junger Britte kam;

Der halb gezwungen, halb bethört,
    Vom Buben * * * gesendt,
Sein edles Herz zu spät gehört,
    Das pocht' und widerstand;

Vergeblich oft zu fliehn gesucht,
    Des Untergangs gewiß,
Sich, Howen, und den Tag verflucht,
    Da er vom Ufer stieß:

Weg war dann alle Würgerlust,
    Schnell hab' ich dann mein Schwerdt
Von des betrognen Freundes Brust
    Mit Wehmuth abgekehrt.

Und

Und dennoch, leider! dennoch floß
  Gnug engelländisch Blut:
Ihr Todten! welcher Dämon goß
  In eure Seelen Wuth?

Wenn euer Geist das Wallfeld sehn,
  Und hier noch weilen kan,
O klagt nicht den Gezwungenen,
  Den Freyheits-Schützer an!

Nein, auch im rothen Siegeskleid,
  Von eurem Blut ist er,
Kein Gott, kein Washington gebeut
  Dem Siege: bis daher!

Doch wenn ein Schurk' im Parlament
  Noch andre Schurken wirbt,
Den wackren Mann Rebellen nennt,
  Der für die Freyheit stirbt;

Uns um die Hälfte schwächer macht,
  Und Höflingsbriefe liest,
Wo zum Scharmützel diese Schlacht
  Herabgelogen ist:

Dann Geister auf in eurem Grimm!
  Laut rufet: lüge nicht!
Reißt auf die Wunden, spritzet ihm
  Blut in das Angesicht;

Zertrümmert seinen Allmachtsstab,
  Von eurem Blut befleckt,
Rafft ihm sein Ordensband herab,
  Das Bubenstücke deckt,

Und reißt sein falsches Herz heraus,
  Mit namenloser Quaal,
Und schmeißts, zu andrer Schranzen Graus,
  Hin in den Marmorsaal.

Klagelied
eines unglücklichen Weibes.

Unterdeß in öder Kammer,
Von dem Gram das Herz zernagt,
Deine Gattin ihren Jammer
Nur dem Kruzifixe klagt;
Unterdeß zu ihren Füssen
Sorgenlos dein Söhnchen spielt,
Und sie bey des Kindes Küssen
Doppelt all ihr Elend fühlt:

Sitzest du im Kreis der Zecher,
Und, entheiligend den Wein,
Trinkst du aus dem vollen Becher
Deinen frühen Tod hinein.
Denkst nicht, daß ich Arme weine,
Nah gerücket an die Gruft;
Denkst nicht, daß dich dieser Kleine
Mit dem süßten Namen ruft.

Deine

Deine vormals edle Stirne
Schändet nun ein Myrthenkranz;
Weh mir! eine feile Dirne
Reisset dich zum Reihentanz:
Und dein Aug! — dies wilde Feuer
Ach, es ist der Liebe Tod!
Laßt ihn, laßt ihn, Ungeheuer!
Und erbarmt euch meiner Noth!

Seht! er hat in diesem Bette
Meinen ersten Kuß geraubt,
Und wie brünstig! o ich hätte
Keinem Engel es geglaubt,
Daß er je für Metzen brennen,
Daß der Unmensch an das Grab
Jemals die soll schleppen können,
Die ihr ganzes Herz ihm gab.

Doch, was ächz' ich, Thörin, weiter!
Aechze so nur in den Wind!
Du nur lächle nicht so heiter,
Lächle nicht mehr, Herzenskind!

Einst,

Einst, weh mir! wirst du mir fluchen
In dem Drange deiner Noth:
Und an fremden Thüren suchen
Ein verschimmelt Stückchen Brod.

Denn verpraßt hat er mein Habe,
Und geplündert mein Haus,
Brautgeschenke, Morgengabe,
Alles lockt' er mir heraus.
Ringen muß ich denn die Hände,
Nur zu dir, Unendlicher!
Denn des Elends ist kein Ende,
Keine Hülf' hienieden mehr.

Laß das Herz des Kindes stocken
Fest an meines noch gedrückt;
Gieb, daß diese blonden Locken
Bald ein Todtenkränzchen schmückt,
Daß aus meinem Jammersohne
Bald ein Engel Gottes wird,
Der auch mich zu deinem Throne
Aus dem Zährenthale führt.

Sieg.

Siegwart,

als Mönch, im Klostergarten.

Hier, wo diese melanchol'sche Quelle
Sanft mir, wie ein Schauder Gottes, rauscht,
Hier sitz' ich, der eine kleine Zelle
Für die Erdefreuden eingetauscht.
Sitz' auf diesen monderhellten Steinen,
Wollte gern betäuben die Natur;
Wollte meinen Jammer gern verweinen,
Und verwein' ihn mit dem Leben nur.

Jetzt, da über dem beschornen Haupte
Mir der Mond in reinem Silber steht,
Hecken, die der Frühling neu belaubte,
Leis' ein kühler Abendwind umweht:
Bluten wieder alle meine Wunden,
Denk' ich mein auf stets verlornes Glück,
Diese liebetrunknen Abendstunden,
Ach, sie kehren nimmermehr zurück!

Als mein Mund auf ihren Mund sich prägte,
Als ich unsers Thomas Hause nah,
Ihr ein Würmchen auf den Strohhut legte,
Das ich durch die Nacht her glänzen sah.
Doch, Gedanke, soll ich dich verbannen
Weg von diesem härnen Büsserkleid?
Nein, durchs Engelbild von Mariannen
Würde selbst kein Heiliger entweiht.

Welch ein Anblick! diese blaue Ferne
Theilet sich, sie kömmt, sie kömmt hervor:
Ja sie ists! verdunkelnd Mond und Sterne,
Wallt ihr helles Silberkleid empor.
Ueberschleyert, von der Gottheit Strahle
Angeschienen, glänzt ihr Angesicht:
Roth die Wange, selbst die Wundenmahle
Meines Stifters blühen röther nicht.

Engel Gottes, und o auch der meine,
Sieh, dein armer Siegwart schmachtet hier,
Horch', es gilt sein klägliches Geweine
Unter allen Heiligen nur dir!

       Ha!

Ha! du zeigst mir deine goldne Krone,
Die so schwer von dir erkämpfet ward,
Also strahlt auch die an Gottes Throne,
Welche meiner nicht mehr lange harrt.

Liebreich, segnend blickst du auf mich nieder,
Labest mich aufs trunkne Wiedersehn.
Freust dich schon auf meine hohen Lieder,
Wenn wir an des Lammes Seite stehn.
Und, o du für mich Gewürgter, wende
Her dein Antlitz, Bruder, Mensch und Gott!
Sieh, ich falte dir die welken Hände,
Meine ganze Seele lechzt nach Tod.

Der Unglückliche an seinen Hund.

Hier, wo vor kurzem erst ein Schwarm
Erkaufter Sklaven mich umschwebte,
Wo meinem Winke jeder Arm
Geschäftig vorzukommen strebte,

Wo Tokays Nektar aus Krystall
Dem Tafelfreund entgegen glänzte,
Der mich dafür beym Freudenmahl
Mit frühverwelkten Rosen kränzte;

Hier sitz' ich nun, den Ueberdruß
Und Langeweil' und Mangel quälen;
Nun rauscht des Tanzes leichter Fuß
Nicht mehr in diesen öden Sälen.

Denn ach! das falsche Glück entflog,
Spie mir ins Antlitz seine Galle,
An seiner göldnen Kette zog
Es mit auch meine Trauten alle.

Kaum nehmen sie sich noch die Müh,
Durch ein entehrend Achselzücken,
Ein frostigs Ich bedaure Sie,
Mich, wie sie meynen, zu berücken.

Doch du beschämst sie, kleiner Hund!
Gedenkst noch deß, was du genossen,
Du leckst mit immer gleichem Mund
Den Fuß, der oft dich weggestoßen,

Und grausam dir den Bissen Brod,
Mit dem du dich genährt, verbittert,
Gottlob! du bist kein Mensch; die Noth
Hat nicht von mir dich weggewittert!

Du wartest noch allein mir auf,
Du wedelst freudig mit dem Schweife,
Beutst mir dein Köpfchen, daß ich drauf,
Dich nach Verdiensten kosend, greife.

Du

Du trippelst noch auf meinem Schooß,
Mit schalkem Scherz und Neckereyen,
Und machst vergessen mich mein Loos
Durch deine holden Schmeicheleyen;

So laß mich denn, von dir allein
Begleitet, durch das Leben eilen,
Laß mich, und soll das letzte seyn,
Mein Brod mit dir, du Liebling! theilen.

Und wenn mir jeden finstern Tag
Noch mehr die Schadenfreude trübet,
Hab' ich doch jemand, dem ich's klag',
Ist ein Geschöpf doch, das mich liebet.

An Johann von Häring.

O Jüngling, deine Geige
Wie voll von Harmonie,
Und unter deinen Fingern
Wie lieblich tönet sie!

Jüngst, als dir die Versammlung
Zuhorchete, mein Ohr
Von deinen Zaubertönen
Nicht Einen Ton verlor;

Dann Kenner und nicht Kenner
Dich Spielenden erhob,
Und zwanzig Fächer rauschten
Zu meines Häring Lob;

Da jauchzt' ich dir im Stillen,
Da strahlete mein Blick
Die Freude meiner Seele
Und meinen Stolz zurück.

O Jüngling, deiner Geige
Laß gleich dein Leben seyn:
Es halle nie der Mißlaut
Von einem Laster drein:

Weh dem, der im Allegro
Der Mäßigung vergißt,
Weh dem, der im Andante
Zu weich, und kraftlos ist;

Das heißt, weh dem, deß Freude
Gleich einem Sturme lärmt;
Der zagend und unmännlich
Sich in den Schmerzen härmt:

Drum, was dir auch im Busen
Sich noch so mächtig regt,
Acht auf den Takt gegeben,
Den die Vernunft dir schlägt!

An Mastalier.

Freund! daß ein Sauertopf, wenn mein Gedicht
In Doris Ohr den Wunsch der Liebe flüstert,
Ihr hyperkritisches Gesicht
Mit hundert Falten ernst verdüstert:
Daß über mich das Censoramt
Der Geizhals übt, und brummend mich verdammt,
Weil ich nicht lerne Geld zusammenscharren,
Geld, welches einst auf sieben grosse Karren
Mein Erbe lächelnd lüd: auch daß mir Kunigund
Mit runzelvoller Wang' und geiferweissem Mund
Durch Rudera von Zähnen zischend fluchet,
Und in der Hölle schon das wärmste Plätzchen suchet,
Die (alte Buhler sagen das,)
Einst ihren Hofmannswaldau las,
Und das Erröthen oft vergaß:
Daß, weil ich Weltkind das System
Von der Bevölkrung adoptiret,
Mich ein Kalenderschwarm (sein Obrer hälts genehm)
In bündigen Dilemmen refutiret,
Mich neidet, und vom Himmel exkludiret;

Dies,

Dies, lieber Freund, ist schon der Dinge Lauf,
Ein Thor hält sich dawider auf.
Doch, daß mein Mastalier, geschaffen die Grimassen
Scheinheiligen zu überlassen,
Der mit dem schwarzen Rock durch seine Bieder-
treu'
Auch einen Freygeist selbst versöhnte,
Voll ächter Frömmigkeit des Klausners Heucheley
So wie des Weltmanns Frechheit immer höhnte,
Daß dieser Mastalier ein Lied verdammt,
Das wie mein Herz von Liebe flammt;
Ha! dies ist sonderbar: reißt nicht der Liebe Hand
So oft die unbescheidne Jugend
Zurücke von des Abgrunds Rand,
Und richtet auf die schwachgewordne Tugend?
Stützt nicht auf sie sich jenes heilge Recht,
Das einem sanfteren Geschlecht,
So unser blinder Stolz das schwächre nennet,
Die Herrschaft über uns zu unsrem Besten gönnet;
Ein Jünglingsherz, das Liebe nicht verwahrt,
Wird allemal wild, oder hart.

Drum Freund! wenn mancher raſt, wenn er die
                    offne Stirne
Durch einen Myrthenkranz entehrt,
Im Wirbel frecher Tänz' ihn die verbuhlte Dirne
Der Unſchuld Hohn zu ſprechen lehrt:
Wenn er durch Furien zum Spieltiſch hingejaget,
Vom Schrecken bald in Kohlen bald in Eis
Getauchet ſitzt, und ſeiner Ahnen Schweiß
Auf Einer Karte waget:
Wenn er beym tollen Freudenmahl
Dem Schlemmer in die Arme ſinket,
Und aus dem ſilbernen Pokal
Den Tod hinein in langen Zügen trinket,
Da dank' ich es der Mädchen Beſten,
Daß ich nicht auch bey dieſen Horden bin.
Entfernt von Trinkgelagen, wilden Feſten
Und niedrer Liebe zum Gewinn;
Da ſing' ich ihr, von Neidern unbelauſchet,
Wo nur der Kuß verſchämter Liebe rauſchet,
In dunkler Roſenlaub' ein Lied
Das von dem Herzen kömmt, und nach dem Her-
                    zen zieht.
                                        Da

Da leſ' ich ihr, der Heuchelei zum Trutz,
Muſarions und Gandalins Geſchichtchen,
Mit unter auch von Gleim, und Uz,
Und Hagedorn, und Bürger ein Gedichtchen:
So ſtehlen ſich die Tage meines Lebens
In Unſchuld und Vergnügen hin,
Daß ich, um froh zu ſeyn, geſchaffen bin,
Fühl' ich, und fühl' es nicht vergebens.
Der Gott, der ſeine Allgewalt
Zur Dienerin der Güte machte,
Nicht alles ſo in lieblicher Geſtalt
Nur darum ſchuf, daß es der Stolz verachte,
Wird, wenn der Menſch genießt, bezahlt.

Der Schauspieler.

An Brockmann.

Der Sohn der Schauspielkunst, ihr Liebling, ihre Zier,
Steht jetzt in seiner Gröſ', ein reizend Bild, vor mir.
Nie ward sein edles Herz den kleinen Pöbelssorgen
Ein Sitz: er fühlte sich in seiner Jahre Morgen;
Nur dies, nicht Dürftigkeit, nicht niedrer Arbeithaß
(Denn ha! der Haufen meynt, es wäre nur ein Spaß,
Zu dringen bis ans Herz, zu reden durch Geberden)
Bestimmten seine Wahl, das, was er ist, zu werden.
Die Würde seines Stands kennt er, und fühlet sie,
Ist vor den Grossen stets bescheiden, kriechend nie.
Sich bücken als ein Sklav, in Vorgemächern warten,
Durchwachen eine Nacht bey Würfeln oder Karten,
Zum schnöden Tischrath sich herunter würdigen,
Und wenn ein Reicher kömmt, von seinem Töchterchen,
Von seinem jungen Weib geschäftig sich entfernen;
O so was kan er nicht, und wird es niemals lernen!

Er

Er ist zu deutsch dazu, er suchet Lohn und Gunst
Dadurch, woburch er soll, allein durch seine Kunst,
Und findet sie gewiß: denn o sein ganzes Leben
Ist Eine lange Müh'; ihn wecket das Bestreben,
Daß ers, wenn ihn das Volk zu seinem Liebling macht,
Mit Kennern nicht verderb', oft in der Mitternacht.
Er weiß, den Klugen könn' ein Blendwerk niemals
   äffen,
Ein Ton nur sey Natur, und diesen müss' er treffen:
Er bildet sein Organ, giebt ihm mit Müh' und Zeit
(Wer kan es schnell und leicht?) die seltne Biegsamkeit,
Geschickt bald sanft zu flehn in süssen Liebestönen,
Bald edles Stolzes voll Tyrannen zu verhöhnen,
Heut seine Schmerzen leis' an seiner Kinder Brust
Zu weinen, morgen drauf mit eines Teufels Lust,
Den grausen Stürmen gleich, die ganze Hayn' ent-
   blättern,
Auf Unschuld, welche nackt die Hände ringt, zu
   wettern:
So wechselt seine Stimm', und seiner Stimm' ent-
   spricht
Sein ganzer Körper auch), sein magisches Gesicht
           Kan

Kan bald zum Jüngling sich und bald zum Greise
  wandeln,
Bey ihm wird jedes Glied und jede Nerve handeln,
Allmächtig stürmet ihn die Phantasie dahin,
Natur, Natur allein, kein Spiegel lehret ihn:
Er präsentirt sich nicht, wie feiler Aerzte Puppen
Auf offnem Markte thun, in wunderlichen Gruppen:
Er weiß, der Mensch, den ganz die Leidenschaft besitzt,
Denkt nicht, jetzt auf den Arm, und auf den Schenkel
  itzt,
Und er bequemt sich nicht nach eckeln Schulgesetzen
Zu schwingen so den Arm, und so den Fuß zu setzen.
Aus aller Regeln Wust erwählt er die allein,
Das, was der kleine Geist nur scheinen will,
  zu seyn.
So denkt, so handelt er, vollendet die Erfindung
Des Dichters durch sein Spiel voll Wahrheit, voll
  Empfindung;
Es wimmle das Parterr', es sey der Hörer Zahl
Gering, er ist, er bleibt er selber allemal:
Wenn an des Stückes End' ein laut Heraus ihm
  tönet,
Der stille Kenner ihm geheime Thränen fröhnet,
  Freut

Freut er sich seines Werths; doch wähnt er nicht
dabey,
Daß seine lange Bahn nun ausgelaufen sey;
Er weiß, daß diese Kunst so viele Tiefen habe
Als unser Herz, er lernt, und lernet bis zum Grabe.
Doch, hat der Pöbel (den in goldenem Gewand
In Logen rechn' ich mit) kurzsichtig ihn verkannt,
Sein edles Spiel beschnarcht, ein Midas es gerichtet,
Das Feine nicht gesehn, ihm Fehler angedichtet,
Er, sollten Witzlinge sich ausser Odem schreyn,
Er schweigt, und hüllet sich in sein Bewußtseyn ein.
Groß ist er auf der Bühn' und im gemeinen Leben,
Er hört geduldig zu, wenn Stutzer sich erheben,
Wenn, ist gleich ihr Gehirn zur Hälfte kaum gereift,
Doch ihre Knabenhand rasch nach der Wage greift;
Wenn sie der Männer Werth in freche Schalen legen,
In jener Garricken, in der Eckhofen wägen.
Geduldig hört er zu, wenn Scheelsucht ihn verklagt;
Und andrer Spieler Neid an seinem Kranze nagt,
Er läßt sie nicht einmal, wenn sie ihr Müthchen
kühlen,
Die Ueberschwenglichkeit von seiner Grösse fühlen;
Doch,

Doch, tritt ein Künstler auf, den auch der Lorbeer
kränzt,
Und der selbst neben ihm noch auf der Bühne glänzt,
Er ist der seltne Mann, den fremder Werth nicht
kränket,
Und der der erste gern ihm Herz und Beyfall schenket.

O Brockmann! dieses Bild, wenn es gefällt und
rührt,
So sey die Ehre dein, ich habe dich kopirt.
Wohl dir und deiner Kunst! denn Josephs Gnade
schwebet
Gleich Seraphfittigen hoch über euch, schon hebet
Vor Deutschlands Bühnen sich die Wienerbühn'
empor,
O bald, bald steht sie auch in größrer Schwestern Chor
So hehr, so göttlich da, als in dem Fürstenkreise
Ihr hoher Schützer steht; doch dies sey, Freund!
nur leise
Dir jetzt ins Ohr gesagt! der Deutsche still und gut
Kräht nicht laut in die Welt, wir werden thun: —
er thut.

Der

Der zufriedene Dichter.

HErr, nicht Armuth hast du mir,
Du hast mir Reichthum nicht beschieden;
Deß, lieber Gott! deß dank' ich dir,
Bin immer fröhlich und zufrieden.

Kan manches leiden in der Welt;
Kans leiden, daß mich mein Verleger
Mit Koth bespritzt, daß an mich prellt
Ein Läufer, oder Sänftenträger.

Kans leiden, daß ein reicher Narr,
Und hinterher ein ganz Gedränge,
Stallmeister, Reitknecht und Husar
Durch die Allee des Praters sprenge.

Kans leiden, daß sich seinen Bauch
Mit Austern füllt ein edler Fresser,
Mir schmeckt mein kleines Nachtmahl auch
Manchmal so gut, und manchmal besser.

Gesetzt,

Gesetzt, mir Thoren fiel' es ein,
Die andern Thoren zu beneiden;
Es würde doch nicht anders seyn,
Und wollt' ichs nicht, so müßt' ichs leiden.

Weiß wohl, das menschliche Geschlecht
Hat immer was zu raisoniren,
Nie machts der liebe Gott ihm recht,
Stets wills ihn in die Schule führen.

Dann freylich lebt es nur zur Quaal,
Nur mit dem tauben Glück zu keifen,
Ha! ich will wahrlich nicht die Zahl
Der undankbaren Menschen häufen.

Wer mir aus blosser Güte gab
Dies muntre, sorgenfreye Leben,
Wird, so ich etwas nöthig hab',
Auch dieses noch dazu mir geben.